두고 온 아이

배세복 시집

상상인 기획시선 4

두고 온 아이

시인의 말

"두고 온 아이를
잘 위로해 주서야 해요"
떨리는 목소리로 상담사는
병의 손을 그러쥐었다.
서로 그렁그렁하였다.

2023년 겨울
배세복

▌차 례

2부

1부

아랫목을 내주고

그는 한사코 아랫목을 내줬고
조합 직원은 양말이 새하앴다
접시에는 과줄이 담겼다
군침이 괴롭혔지만
어쩔 도리가 있는 건 아니었다
밥상 위에는 주판이 놓였고
주판알이 몇 차례 퉁겨졌다
모두 검게 그을린 장판 위에서였다
곤란한 표정들이었지만
그가 그중 더 그러하였다
오가는 말도 별로 없었다
툇마루에서 흰 양말이 한 번 더 빛난 후
직원은 대문 밖으로 사라졌다
그는 장기판을 들고 마을회관으로 가고
그녀는 거뭇한 걸레로 방바닥을 훔쳤다
과줄이 그대로 있었는데
어쩐지 손이 가지 않았다
이자를 따지는 세밑은 금방 돌아왔으나
새해는 멀리 있는 것 같았다

추녀는 치솟고

수리조합장 집은 방죽 아래 있었고
하늘로 치솟는 추녀를 가졌다
해는 언제부터 저기서 빛났나
다른 이들은 근처 논밭에서 일했다
길을 걸을수록 뜨거워지는 정수리
방아깨비는 끊임없이 방아질했다
글쎄 요즘에도 머슴이 있다네요
갑은 천천히 머슴 머슴 중얼거려 봤다
꼭 일소가 밭을 갈다가
멈추며 우는 소리 같았다
해는 타올라 저수지 윤슬을 바라보면
타버릴 것처럼 뜨거워지는 눈알
그는 이 길로 자전거를 타고 다녔다
안장은 꺼지고 체인은 늘어났다
저쪽은 물귀신이 있다는 곳이다
귀신은 왜 사람들을 데려갈까
누구는 데려오고 누구는 데려가고
정말 매미를 잡아 날개를 떼도
소리를 낼 수 있을까
왜 산 것들은 죽기 전까지 우는 것일까

20

갑은 손그늘을 만들어 봤다
여전히 땀은 솟아났다
달걀꽃도 지쳤는지 풀어진 노른자
걸음을 멈추고 치솟는 추녀 쪽을 향해
동그랗게 손나팔을 모았다
아버지, 병이 태어났어요
게타리를 한껏 추켜올리던 을이
갑을 따라 소리쳤다
손톱 끝이 까만 땟국물로 가득했다

미신은 떠다니고

미신 같은 것들만 떠다녔다
모퉁이에는 아무도 앉지 않고
누구도 좀처럼 입을 열지 않았다
복은 달아나지도 도착하지도 않아
멀건 국이 갑을 올려다보고 있었다
침묵을 짧고 굵게 깬 건 그였다
이름 불러, 애기라고 부르지 말고!
강보로 감싸인 병이 작게 기지개를 켰다
애기라고 부르면 늦자란다!
을이 조그맣게 예라고 대답했다
갑은 병의 이름을 속으로 중얼거렸다
귀여운 애기가 사라져 버리고
어디선가 까까머리가 나타났다
머슴애들 얼굴이 하나씩 스쳐 지났다
붙들이라는 아이도 거기 있었다
붙들이, 붙들어, 놀려댔다
점쟁이가 붙여준 이름이라 했다
자식들이 자꾸 죽었다 했다
순간 숟가락이 갑의 정수리를 때렸다
을이 허겁지겁 제 입으로 밥을 퍼 넣었다

미역국에선 질리도록 간장 냄새가 났고
붙들이가 히죽히죽 웃었다
갑은 다시 골똘해졌다
왜 우리를 부자라 이름 짓지 않았을까

함박꽃은 피어나고

병은 어느새 시무룩해졌다
펌프에 매달리기도 지겨웠다
그녀는 새암에 쭈그려 앉은 채
수제비 반죽을 치대고 있었다
수제비와 수세미는 왜 소리가 비슷할까
마중물을 부어도 금방 빠져나갔고
그녀가 떼어 준 반죽도 까뭇해졌다
엄마, 나 배 아파
허리를 숙이고 배꼽쯤에 손을 대면
아픔이 잠시 사라지기도 했다
아픈 게 아니라 고픈 거겠지!
그였다면 얼굴을 찌푸렸을 것이다
말이 늦된다고 자주 혀를 찼다
애가 젖배를 곯아서 그렇죠
당원 사 오랬는데 당근 달라고 했다며?
땅에서 나는 당근을 팔지는 않았다
모기 새끼처럼 앵앵대니까 늦배우지!
어떤 말은 사실 필요 없는 말도 있었다
배가 고프면 진짜 배가 아파지고
배가 아파도 배가 아프니까 말이다

새암가에 함박꽃이 함빡 피었다
그녀가 함박을 들고 부엌으로 향했다

메리는 달아나고

문고리에 손가락이 달라붙었다
앞마당에는 메리가 뛰어다녔다
병은 눈덩이를 굴리다가
담요가 드리워진 안방을 바라보았다
창호지에 모란꽃이 활짝 피었다
굴리던 눈 뭉치를 바닥에 놓고
양쪽 발로 눈을 밀어냈다
작고 뾰족한 산이 만들어졌다
모란꽃을 꺾어와 군데군데 심고 싶었다
메리가 킁킁대며 산을 부서뜨리려 했다
옆집 원준이 엄마가 지나가고 있었다
너네 집 왜 떡 했니?
쌓인 눈보다 더 하얀 백설기였다
떡을 우물거리며, 크리스마스라서요
원준 엄마의 입꼬리가 살짝 올라갔다
아무것도 모른다면서 답답하다며
을이 병에게 보이던 표정 그쯤이었다
문간에는 숯과 솔가지 따위가 걸렸고
성탄절 트리보다 훨씬 후져 보였다
자식이 늘어나는 것도 흉이 되었다

알면서 묻는 질문도 질문이었다
굴뚝에는 연기가 종일 피어올랐고
메리는 자꾸 달아나기만 했다

툇마루는 울리고

툇마루가 세게 울렸다
병은 숙제하다 멈췄으나
이내 연필을 그러쥐었다
을은 책가방을 마루에 던지고
자주 밖으로 놀러 나갔다
굴뚝 연기가 잦아들어서야
겨우 집으로 기어들었다
겨울밤은 제법 길었다
윗방에 상다리를 펼치면
그제야 공부가 시작되었다
서리태를 고르던 밥상이었다
을이 제일 먼저 잠들었다
책도 펴지 않은 을을 깨우면
생각 중이라며 다시 눈을 붙였다
아침 책가방은 그가 발견했다
가방을 들고 부엌을 향하며
아궁이에 집어넣는다 소리쳤다
차가운 가방을 어깨에 두르고
을은 아침도 못 먹고 등교했다
밥이나 죽여라 이눔의 새꺄!

등 뒤로 쏟아지는 말에
을보다 병이 더 한기를 느꼈다

상갓집은 멀고

참뱅이 상갓집은 멀었고
밤길은 고요했다
살갗을 에는 것이
달빛일 수도 있겠다 생각했다
그는 화투패를 쥐고 있었다
얼굴이 화투 뒷장만큼 붉었다
바닥에는 편육이 놓였고
새우젓 국물이 흘렀다
엄마가 아버지 끌고 오래요
이런 씨부랄 것들!
돌아오는 길은 훨씬 추웠다
훌쩍이기 싫었지만
연신 콧물이 흘렀다
달빛은 벌써 기울었고
길가 소나무는 검게 보였다
화투짝의 솔 껍데기 같았다
언덕길에서는 자꾸 미끄러졌고
그때마다 을이 걸음을 멈췄다
자주 돌아보는 모습이

그 밤만큼은

일광 속 송학 같았다

매직펜은 뒹굴고

수확 철엔 마을이 온통 뿌옜다
탈곡 먼지는 마당을 맴돌다가
뒷마루 곳곳에 들러붙었다
집안엔 매상 포대가 쌓였고
매직펜이 자주 뒹굴었다
뚜껑 따는 소리도 좋았지만
휘발유 냄새가 더 좋았다
혓바닥에 가위표를 쳤다
말을 할 수 없게 됐으므로
멍멍 짖었다
말하는 게 싫었기에
개가 되었다
마루 끝에 서서 눈을 감고
메리에게 혀를 보여주었다
그는 이런 짓을 용서치 않았다
어떤 놀이는 들켜서는 안 되고
이따위 짓은 계집들이나 하는 짓이다
허공이 끌어안는 듯했으나
이내 토방 끝 돌부리로 내쳐졌다
메리 짖는 소리가 뿌옇게 멀어졌다

흉터는 매직펜처럼 굵게 남았다
모두에게 들키고 말았다

발끝은 바들거리고

그의 발끝이 바들거렸다
조합장은 산을 갖고 있었고
그 산엔 참나무가 많았다
어떤 장면은 차라리
안 보느니만 못한 것도 있었다
김 씨가 그를 패대기치자
비탈길에서 쭈욱 미끄러졌다
풀숲에서 을과 병은 보고 있었다
벌건 황토가 그의 바지를 물들였다
그는 산을 정성껏 말렸다
을은 보고 있자고만 했다
참나무는 불이 괄았다
을은 왜 가만히 있자고 할까
김 씨가 지게를 지고 산을 내려갔다
발채엔 참나무가 그득했다
산을 말리는 그가 을과 병은 말리지 못하고
말리지 말자는 을을 병은 말리지 못하고
어떤 말은 소리가 같고 뜻이 달랐다
그런 말은 뜻보다는
소리가 깊기 때문일 거다

생각이 꼬리를 무는 풀숲이었다
꿩들도 홰를 치지 않는 오후였다

골목은 낯설고

삼지창처럼 생긴 골목이었다
어쩐지 한 골목을 골라야 했고
노란 눈알이 노려보고 있었다
애초에 이 꿈을 무어라 불러야 할까
가령 나무 밑에 묻어뒀던 게 뭐였는지
예전에 써놓은 글자를 뭐라 읽어야 할지
그런 문제가 아니었다
꿈속에서는 번번이 실패하면서
귀신이 나타나면 호리병으로 물리쳐야지
뱀이 아가리 벌리면 표창을 던질 거야
꿈 밖에서 언제나 병은 말로써
뿌우뿌 승전보를 불었다
허나 다른 골목으로 들어설라치면
빨간 눈알, 또 파란 눈알
그들은 고열일 때만 찾아오는
화려하거나 혹은 비겁한 손님이었다
어느 밤 병은 그 사나이들이
그일 거라고 중얼거려 봤다
크게 화내며 병에게 보여주던 여러 눈빛들,
끈적 비릿한 것이 온몸을 적시고

꿈은 사라졌다
병은 말로써 꿈을 떨쳤고
어쩌면 꿈이라는 것은
말들로 이루어진 게 아닌가 생각하게 되었다

사루비아는 한창이고

윤경이네 앞마당에는
사루비아꽃이 가득했다
꿀물 따먹고 있어 봐아아
금방 데리러 올게에
윤경이는 마당 저편에
몸을 숨기곤 했다
한창 자란 수숫대 사이로
큰 엉덩이가 반이나 보였다
나는 죽을병에 걸렸단다 흑흑
엄마 목소릴 내며 우는 윤경이를
못 본 체해야 했다
혼자 밥 먹는 척
양치하는 척 잠드는 척했다
윤경이는 힘이 셌다
오징어 놀이를 할 때면
머슴애들도 금 밖으로 밀려났다
살았는지 죽었는지 따지다가도
결국엔 꼬리를 내렸다
병과 둘이 있을 때면
윤경이는 나긋해지기도 했다

병은 곧잘 애기가 되거나
남편이 되거나 아주 가끔은
아내가 되어야만 했다
그럴 때면 그가 볼까 두려웠다

거머리는 꿈틀대고

몸이 덥다가도 추웠다
이부자리를 벗어나려 했지만
마음뿐인 걸 깨달았다
병은 또 등교하지 못했다
가만히 올려다본 천장에는
꽃무늬 벽지가 가득했다
온갖 꽃의 수술들이
갑자기 거머리로 꿈틀거렸다
다랑논에서 나온 그가
거머리를 떼내고 있었다
붉은 피가 선명했다
갓 손등에 피어난
붉은 꽃과 비슷했다
병은 방바닥에 붙어있는 자신이
한 마리 거머리 같았다
간신히 몸을 일으켜
들창문으로 밖을 내다봤다
멀리 미루나무 한 그루가
서서히 구부러져 보였다
우듬지는 아예 뭉그러졌다

머리맡을 둘러보았다
뜯지 않은 요구르트병이
그대로 서너 개 놓여 있었다
가방을 둘러매던 을이
아침부터 입맛을 다셨다
병은 자신이 거머리 되어
병 속을 헤엄치는 듯했다
욕지기가 올라왔다
다시 자리에 쓰러졌다

구들장은 꺼지고

구들장이 꺼지면서
끝없이 떨어지는 꿈이었다
깨어보면 방고래는 멀쩡했다
땀은 나는데 몸은 추웠다
봄꽃은 벌써 지고 없지만
손등엔 붉은 꽃이 한창이었다
꿈결인 듯 자신을 부르는 소리에
누운 채로 방문을 열었다
담임 선생이었다
병의 학급만 해도
서너 명이 홍역에 걸렸다
이마를 짚는 손이 부드러웠다
부모님은 어디 갔냐 묻지 않았다
집 주위는 논밭뿐이었다
이불이 닿지 않는 윗목에 앉았다가
선생은 방문을 나섰다
검은 바짓단에
먼지 같은 것이 새로 묻어있었다
방 안에는 포마드 향이 떠돌았다
병은 또 쉬이 잠들었고

담임 선생이 왔다 간 사실을
누구에게도 말하지 않았다

2부

누린내가 있었고

개울 쪽에서 불어오는 바람 속에
누린내가 가득 슬어있었다
머리카락 그을렸을 때 맡았던
냄새를 꼭 닮았다
그해 겨울 그녀의 관절염은 깊어가고
고양이 밥그릇은 주인을 아주 잃었다
고샅길을 둘러보아도 돌멩이만 구르고
올려다본 하늘엔 온갖 동물들이
둥둥, 각개로 떠다니고 있었다
죄다 사람의 어디 어디에 좋다는 것들!
병은 이름을 하나씩 붙여 보았다
차례대로 중얼거렸다

메리는 짖지 않고

웬일인지 집안이 조용했다
메리가 반기지 않았다
들마루에 가방을 던지고
연신 메리를 불러댔다
새암 옆에 무언가 꿈틀대고 있었다
깨워도 일어나지 못하고
자꾸 감기는 눈엔
눈곱이 가득 찼다
어디선가 갖가지 파리가
끈질기게 메리에게 달려들었다
손을 휘저어도 소용없었다
병은 새암가로 갔다
바가지에 찬물을 가득 부어
파리를 향해 뿌렸다
메리가 화들짝 눈을 떴다
몇 발짝 걸어가며 캑캑거렸다
씹지도 않은 조기 대가리가
통째로 입에서 쏟아져 나왔다
병은 메리가 기특했다
새암가에서 주둥이를 닦아주었다

싫다고 발버둥 쳤다
병은 제가 메리를 살렸다고 했다
아무도 믿지 않았다

목선은 곱디곱고

외할머니는 머리를 건진 후
물기를 짜내고 있었다
목선이 고왔다
예쁜 처녀귀신 같았다
갑은 병원에 누워 있었고
그도 그녀도 거기 가 있었다
외할머니는 며칠 동안
병의 밥을 차려줬다
반찬은 비슷했지만 훨씬 정갈했다
머리를 쪽진 채
뒤꼍으로 천천히 걸어 나왔다
소나무에서 내려온 학 같았다
모시 적삼이 하얗게 빛났다
뒤꼍에는 흰 사기그릇에
고봉밥과 맹물이 놓였다
갑이 쓰러졌던 곳이다
마른 고추를 넣은 짚토매 주위로는
연기가 가득했다
불이 잘 붙었는지
볏짚을 들춰보라고 했다

병이 콜록거렸다
호호호 웃음소리 들렸다
병도 따라 웃었다

생담배는 타오르고

그녀는 종일 누워 있고
그는 잔뜩 불콰해져 돌아왔다
방문이 닫히는가 했더니
김 씨도 따라 들어왔다
그제야 그녀가 몸을 일으켜
이불을 윗목으로 당겼다
대체로 그는 아랫목에서
쉼 없이 고개를 주억거렸고
그녀는 등을 돌려 앉았다
아줌니 너무 속상허지 마슈
김 씨가 담뱃불을 붙이며
방 안을 두리번거렸다
병은 재떨이를 옮겼다
논이야 나중에 또 사면 되쥬
그녀는 간간이 한숨을 쉬었고
병은 생담배에 눈을 비볐다
갑의 기침 소리가 터졌다
김 씨가 몸을 일으켰다
찬바람이 문지방을 넘었다
대문 닫히는 소리에

그녀가 쇳소리로, 씨부랄 눔
그는 아랫목에 쓰러지듯 눕고
병은 그의 양말을 벗겼다

대문을 두드리고

대문 두드리는 소리 사이로
갑의 이름이 섞였다
김 씨였다 장화를 터벅였다
성큼 문지방을 넘어선 김 씨에게선
막걸리 토한 듯한 냄새가 넘쳐났다
불콰해진 데다가 기름진 얼굴로
갑을 다시 불렀다
척수염에 결핵이 겹친 갑은
주사 치료를 함께 받았다
김 씨는 돼지 거간꾼이었다
전염병이 돌면 집집이 다니며
목덜미에 주사를 놓았다
갑이 누운 채로 바지를 내렸다
흰 엉덩이가 살짝 드러났다
어쩐지 한참을 어루만지던 김 씨가
주삿바늘을 찔렀다
비틀거리며 나가는 김 씨를 향해
그녀는 뱀눈을 떴고
그는 굳게 다물었던 입을 열었다
낼부터 읍내 박내과 가서

주사 놓는 것 좀 배워야겠어!
병은 다시 마당으로 나갔다
대문을 꼭꼭 잠갔다

볏가리가 있었고

볏가리에 몸을 기댔다
책가방이 등에 배겼다
손끝을 빙 돌려가며
머리를 눌러봤다
닿기만 해도 아픈 곳이
서너 군데나 되었다
학급 물건이 없어진다는 소문은
머릿니처럼 스멀거렸다
담임 선생의 서랍까지도
모조리 털었다고 했다
누군지 짐작하고 있을 거라 했다
그 아이와 놀게 된 건 뜻밖이었다
칠판지우개를 던지더니
빗자루로 치라고 했다
그때 교실 문이 열렸다
병은 던져진 지우개처럼 팽개쳐졌다
그 아이와 함께였다
머리카락이 한 움큼 뜯겼다
그곳을 또 빗자루가 지나다녔다
어떤 데는 여러 번 맞아

혹처럼 도드라지기도 했다
머리를 만지던 병은
스르르 잠이 들었다
급히 시들어버린 달개비풀 같았다
늦가을 볕이 볏가리를
서둘러 떠나가고 있었다

살구나무는 쓰러지고

살구나무가 쓰러졌다
학교를 파하고
집에 도착할 즈음이었다
뒤꼍으로 가 보니
그가 담배에 불을 붙이고 있었다
봄이면 살구꽃이 예뻤다
나무에 자주 올라갔다
메리는 병을 향해 짖었고
버둥거리는 콧등에 병은
풋살구를 던지곤 했다
그해 여름은 장마가 길었지만
살구가 많이 열렸다
갑은 뒤꼍에서 쓰러졌다
곽란이 시작되었다
결핵과 척수염으로 번졌다
마을 곳곳에 빛이 깔리고
집도 함께 깔릴 듯했다
병은 살구나무에 다가가
밑동을 가만히 들여다봤다
집 반대쪽을 향해

비스듬히 잘려져 있었다
살구나무는 쓰러졌으나
끝내 지붕을 덮치지는 않았다

종주먹을 들이대고

그놈은 종주먹이 컸고
그들은 교묘히 다가왔다
병을 가운데 두고
커다랗게 에워쌌다
이런 일은 늘
병이 혼자일 때 벌어졌다
교실로 들어오는 길목을
기가 막히게 막아섰다
꼭 같은 말을 외쳤다
야이 개대꺄 둑을래?
울대가 늘어진 앵무 같았다
송충이가 기어가는 듯한 눈썹을
서너 번 움찔거렸다
인중에 걸쳐 있던 누런 콧물이
한 번에 쑥 빨려들었다가
다시 천천히 흘러내렸다
그놈이 반편이라는 걸
병도 이미 알고 있었다
그들은 연이어 싸움을 부추겼다
모두들 한 살 아래였다

그중 한 놈의 손에는
생라면 봉투가 들려 있었다
병은 속에서 무언가 꿈틀댔지만
어쩔 도리가 있는 건 아니었다
야이 떱대꺄 둑을래?
거듭 종주먹을 들이댔다
종이 울릴 때까지 계속됐다

우라질이 있었고

우라질 년이라는 말은
〈운수 좋은 날〉이라는 소설에서
생전 처음 보았다
병은 머릿속에 밑줄을 그었다
대문이 커다란 건넛집 형은
서울서 대학에 다녔다
헛간에는 대학국어가 버려졌다
초록색 진한 표지였다
짧은 소설로 가득했고
온갖 욕설이 뒤섞였다
개차반과 뒤넘꾼이 있었다
반편이와 고자도 있었다
못된 말은 더 쉽게 기억됐다
자신을 괴롭히던 친구들 이름 앞에
그 말들을 붙여 봤다
제법 잘 어울렸다
〈사수〉라는 소설 속 주인공처럼
훗날 우연히 마주쳐서
어쩌면 탕탕탕 사수 되어
총을 쏠 수도 있겠다 생각했다

병은 그 소설들을 따라
되지도 않는 이야기를
곧잘 지어내기도 했다
겨울방학은 그렇게 지나갔다

일요일은 찾아오고

일요일은 금세 찾아오고
점심은 더디게 왔다
돌밭은 큰 샘 건너 있었다
콩 포기 사이 열무는
온몸을 군시럽게 했고
밥때가 한참 남았는데도
배 속은 아우성이었다
샘을 건너서 집으로 올 때는
기운이 조금 솟아나기도 했다
점심상이 물러나자마자
텔레비전 앞으로 다가갔다
레슬링이 그중 재미졌다
박치기를 하는 이 있노라면
딱밤을 놓는 이도 있었다
부르는 소리가 몇 번 있었으나
누구도 밖으로 나가지 않았다
그때 정전이 되었다
흑백 화면이 그나마
완전히 먹빛으로 변했다
툇마루로 나가보면

두꺼비집을 내린 작대기와 함께
그가 지게를 챙기고 있었다
투덜거릴 줄 모르던 을도
입술이 반 넘게 나왔다
오후의 햇볕은 뜨겁고
모두 돌밭을 향해 천천히
큰 샘을 건너가고 있었다

주머니를 숨기고

불룩해진 주머니를 숨기고
병은 밝게 외쳤다
학교 다녀왔습니다!
그녀가 부엌에서 대답했다
아직 턱이 얼얼했다
시비를 거는 쪽은 병이 아닌데
얻어맞는 건 늘 자신의 몫이었다
가을 하늘은 높고
개울가엔 고마리꽃이 한창이었다
뒤따르는 아이들의 웃음소리가
개울물 소리에도 묻히지 않았다
병은 자주 허리를 숙여
주머니에 돌멩이를 주워 담았다
걸음을 뗄 때마다
자기들끼리 앞뒤로 출렁였다
책가방을 마루에 놓자마자
잰걸음으로 집을 나섰다
우당탕탕 우당탕
턱을 날린 놈의 집 뒤꼍이었다
돌멩이가 함석지붕을 굴러내렸다

부엌에서 따라 나온 그녀가
멀리서 지켜보고 있었다

매미는 울지 않고

그는 담임 선생을 만나러 갔고
어둑한 논길을 비척이며 돌아왔다
그제야 병은 호두나무에서 내려왔다
나무에는 매미가 무수히 붙어있었다
가을 매미는 울지 않았다
병 말이에요
공부 잘해서 장학금 받는 게 아니라
가난해서 받는 거래요
소문은 뒤란 장독대까지 번졌다
사람은 왜 꼭 말을 해야 할까
병은 호두나무로 올라갔다
여름 매미처럼 같은 말로 울든지
가을 매미처럼 아예 울지 말든지
나뭇가지 사이에 발을 끼우고
손등을 박박 긁었다
피가 살짝 맺혔다
호두나무에 올라오면 온몸이 가려웠다
매미는 울음을 내기 위해
자기 몸의 반을 비워놓는다고 했다
뱃속에 빈 공간을 키운다고 했다

방바닥에 금방 곯아떨어진 그는
다음날도 그다음 날도 아무 말 없었다
추위에 지친 가을 매미 같았다
울지 않는 매미는 답답했다

3부

고개를 주억거리고

자꾸 고개를 주억거렸다
술이 거나함이 넘어섰다
병도 한눈에 알 수 있었다
읍내로 경운기 몰고
추곡 수매를 다녀왔다 했다
병은 친구 자전거 위에 있었다
그는 계속 중얼거렸다
왜 자기를 못 본 척했냐며
간간이 소리도 질렀다
병은 자전거 위에서
영어 단어를 외우며 왔다
친구는 병을 신기해했다
시력은 줄곧 떨어져 갔다
철 지난 소쩍새는 밤새 울었고
그의 코 고는 소리도
점점 높아만 갔다

가슴을 펴고

가슴을 쫙 펴라 했다
병은 외벽에 세워졌다
기술 시간엔 자주 잡초를 뽑았고
두 주먹씩 검사받아야 했다
선생은 화분에 물을 주었다
가슴을 움켜쥐었을 때
어디선가 기차 소리가 들려왔다
새우젓 내 지독한 이 읍내에서
그나마 병이 좋아하는 소리였다
그들은 풀을 빼앗고
이미 사라진 뒤였다
주로 바랭이와 쇠비름이었다
땅을 기어가는 잡초들이
웅크린 자신 같았다
머리카락 뜯어내는 것처럼
팔다리를 뽑아내는 것처럼
병은 다시 풀을 당겼다
잠시 멈추었던 기차 소리가
조금씩 들려오기 시작했다

언제나 느린 비둘기,

비둘기호가 그제야 움직였다

앞마당은 붐비고

농번기는 앞마당이 그중 붐볐다
깻단이 두어 번 치솟았다
순식간에 병의 등짝은 탈곡기 되어
참깨알이 목덜미를 파고들었다
학교 파하면 놀지 말고
빨리 오랬냐 안 했냐
여봐! 이눔의 새끼 밥도 멕이지마
깻단을 묶던 정이,
꼬리 치며 반기던 메리가,
깻대에 붙어있던 깨꽃잎 몇이,
병을 비웃는 것 같았다
세상에서 제가 예뻐라 하던 것들은 더욱
저를 비웃는 것만 같았다

막걸리를 들이켜고

새참 막걸리를 들이켜더니
뽑힌 잡초처럼 그는 시들었다
맥고모로 얼굴 가린 채
버드나무 그늘로 숨어들었다
반쯤 깎인 다랑논 논둑마다
누운 순서로 풀잎은 힘을 잃었다
알맞게 데워진 논물 위로
개구리밥도 조는 듯했다
병은 아마 이런 낮엔 유혈목이도
똬리를 틀 거라 생각했다
단꿈을 꿀 거라 생각했다
주전자엔 막걸리가 남아 있었다
한 모금으로 시작했는데
어느새 거의 비워졌다
저절로 쓰러진 척 주전자를 눕히고
병도 그의 옆에 모로 누웠다
개울물 소리가 서서히 멀어져 갔다

칡덩굴은 흔들리고

언덕에 자전거를 세웠더니
가방과 함께 쓰러졌다
상으로 받은 옥편이
제 딴은 무게가 좀 나갔다
삼 년 동안 자전거는 낡고
종아리는 굵어졌다
언덕을 지나는 이
아무도 없었다
친구들은 모두 제 부모들과
중국집이나 고깃집에 갔다
멀리 중학교가 보였다
그쪽에서 찬 바람이 불어왔다
핸들 위에 얹힌 손등을
동상 걸리게 하던 바람이었다
이제 새우젓 내 나는 이 읍내를
훌쩍 떠날 일만 남았다
게타리를 풀어헤쳤다
딱히 요의가 있던 건 아니지만
어쩐지 그러고 싶었다

이제는 오줌발이 굵어졌다

마른 칡덩굴 잎이 제법 흔들렸다

핏물은 번지고

버스 타러 가는 길은 멀었다
정은 눈앞의 무엇도
들여다보지 않는 방법을 알았다
눈은 뜨고 있되
초점을 흐리면 됐다
비 오는 날은 그나마
우산을 쓸 수 있었다
처음에는 김 씨를 증오했다
축의금이 싸그리 사라졌다
돌담을 이웃하고 있었다
어느 날엔 괴어있는 돌을 빼내어
그 이마를 짓찧고 싶었다
갑의 결혼식이었다
심증은 넘쳤으나 물증은 없었다
증인마저 마음을 바꾸었다
그러다가 어느새 그 미움이
그에게로 옮겨갔다
그는 대체로 사람을 멋대로 믿었다
자식들보다 남을 더 믿는 듯했다
김 씨는 되레 그와 그녀를

감옥에 집어넣으려 했다
학교는 아직 멀리 있고
버스는 계속 달렸다
자꾸 바닥을 바라보게 되었다
접힌 우산에서 빗물이 흘러
젖은 바닥을 또 적셨다
핏물인 듯 번져 나갔다

암퇘지는 울어대고

암퇘지가 드러누웠다
종돈이 다녀간 뒤였다
부엌으로 난 뒷문 통해
병은 몰래 지켜보고 있었다
어미 젖뗀 지 겨우 열 달이었다
무너질 듯 위태로워 보였다
한걸음에 달려가 수퇘지를
장대로 내려치고 싶었다
돼지우리를 호박잎이
칭칭 뒤덮을 때쯤
암퇘지는 엄마가 되었다
어린 어미였지만 사료를 갖다주면
지친 몸 툭툭 털고 입을 벌렸다
새끼들이 깔릴까 봐
껑충껑충 무거운 몸을 옮겼다
구유를 싹싹 비워냈다
다시 누워 새끼들에게
젖가슴을 모조리 내줬다
돼지차가 돼지우리를 점령한 날
홀로 남은 암퇘지는

그 밤을 온통 꿀꿀 버텨냈다
잠자리에 누워서도 병은
울음소릴 들은 듯했다
늦가을도 막바지였다
돼지우리 위에는 늙은 호박이
된서리에 더욱 단단해져 갔다

꾸러미를 내려놓고

꾸러미를 내려놓았다
슬그머니 놓았는데도
방바닥이 제법 울렸다
벌써 저녁상 주위로
모두 둘러앉아 있었다
고갤 돌려 그가 물었다
병은 제대로 답하지 못했다
계집애로 생겨났어야 하는 놈이
사내로 태어나서 고생이다!
병이 우물거릴 때마다
자주 듣던 말이 쏟아졌다
숟가락질을 멈추고
그가 급히 다가왔다
시로 가득 찬 문집이었다
법대를 가야지 글을 쓴다고,
내가 그렇게 당하는 걸 보고도?
굶어 죽기 딱 좋은 놈들이
시 쓰는 놈들이라고
그가 한껏 소릴 높였다
아무렇게나 책장을 넘기다가

입을 동그랗게 말면서
어떤 단어를 거칠게 되뇌었다
병이 시를 써서 가져갈 적마다
어깨를 두드려 주던
지도교사의 이름이었다

만 원을 내밀고

국어 선생은 만 원을 내밀고
친구는 냅다 받아들었다
병은 바라만 봤다
포장은 오래 걸리지 않았다
헤헤 두 마리 사 왔어요!
친구는 넉살이 좋았고
선생은 입을 크게 벌려 웃었다
고양이한테 생선을 맡기지!
숙직실은 좁았다
기름 내로 가득 찼다
선생은 조금 먹다 말았고
친구는 연거푸 닭다리를 뜯었다
어쩐지 병도 손이 가지 않았다
저는 행정학과 썼어요
선생님이 치킨 사 주셔서
시험 잘 볼 것 같아요!
너스레를 떠는 친구 주변으로
튀김가루가 튀었다
병은 아무 말도 하지 않았다
선생은 병의 말을 기다리는 듯했으나

재촉하진 않았다
그 어색한 틈을
친구가 거듭 메웠다
국어를 전공할 거라는 말도
그가 그렇게나 반대한다는 말도
끝내 병은 하지 않았다

검버섯은 돋아나고

그해 여름은 물의 나날이었다
논바닥보다 냇바닥이 높아졌다
세상의 물은 중심을 잃었고
크고 작은 돌덩이들이
세간 사이로 섞여들었다
냇가 옆을 따라 늘어선 그의 논은
자갈로 그득 넘쳐났다
푸른 하늘 아래 멍하니
삽질도 못 한 채 그는 서 있었다
아무렇게나 꽂아놓아도 싹을 틔우는
미루나무 가는 줄기처럼
논바닥에 뿌리내린 듯했다
등 뒤로는 제비들이
떼를 이루어 날아다녔다
천재지변이라는 말을
병은 처음 알게 됐다
뉴스에서는 연일 난리였다
그는 대체로 표정이 어두웠고
곧잘 비틀거렸다
어느 날은 낮술에 곯아떨어졌다

병은 잠든 그의 얼굴을
자세히 들여다볼 수 있었다
관자놀이가 거뭇거뭇했다

햇볕은 따사롭고

알밤을 줍고 있었다
햇볕은 따사로웠다
작은 발소리가 들렸고
커다란 눈망울 마주쳤다
야 잡아, 을의 목소리가 있었고
재빠른 몸통 회전이 있었다
바보냐 가만있으면 어떡해 새꺄
병은 되뇌기만 했다
아 예쁜 꽃사슴
햇살 아래 나뭇잎 사이로
알록달록 무늬 가득했다
엄마 나 꽃사슴 봤어요
고라니라니까 이 멍청아
꽃사슴 맞거든
분명 귀여웠단 말야 충! 성!
경계근무 다녀오겠습니다!
사수를 따라 걷고 있었고
새벽 물안개 속에 후다닥
분명 그때 꽃사슴이었다
깜짝 놀란 사수가 총을 겨누다 말고

저런 씨발 고라니 새끼
알록달록 무늬를 던져 버리며
기억 속 꽃사슴이 달아났다
너는 계집애처럼 그런 것만 좋아하냐
어릴 적 핀잔들은 날아들었고
작고 여린 것들과
이름을 정확히 갖고 있지 못한 것들과
헷갈리는 모든 것들이
병에게서 달아나고 있었다

건물은 치솟고

지는 해보다 건물이 높아
층층마다 창문이 붉다
그가 화단 주변을 거닌다
병도 보조를 맞춘다
철쭉은 토요일 저녁에도
어김없이 활짝 피었고
꽃들 사이로 소주병 따위가
코를 박은 채 둘려져 있다
그 밤에 병은 집을 뛰쳐나왔다
뭔 대학 무슨 과?
그 선생 놈이 너 거기로 가라든,
제가 수업료 내주겠대?
버스가 끊긴 밤길은 어두웠다
병은 하숙집 앞 가게에서
안주 없이 첫 소주를 샀다
뱀이 뇌리를 핥는 것 같았다
그가 건물을 올려다본다
이렇게 큰 데서 근무하다니
고생했구나 장하다
그 선생님께 고맙다고 전해라!

화단 사이로 붉은 호스가
꽃뱀처럼 뻗쳐져 있다
어두운 밤길들이 스르륵
꽃잎 속으로 사라지려 한다

풍악은 울리고

문풍지 위로 서걱서걱
가난 닮은 바람이 놀다 갔다
메주 내음 쿼쿼한 윗방으로는
쥐벼룩이 스멀거렸고
형제들만 동그마니 뭉쳐있었다
운이 안 맞는 그의 등 뒤로
집안 살림은 동네 살림이 반이라고
이웃들 수군덕거림이 그득했다
기나긴 겨울 동안 그녀는
밥상 위에 동치미만 올려놓았고
그는 장기판을 끼고 살았다
이곳으로 떠나오길 잘한 거라
병은 거듭 생각했다
어둠도 없고 겨울도 짧았다
풍악 소리 한 번 안 들렸다
이맘때쯤이면
호박고지 시래기나물 무치는
그녀 등 뒤로 달은 떠오를 테고
동네 아저씨들 사이에서
그 또한 윷놀이판을 벌일 터였다

대보름 밤은 밝았다
병은 이불을 끌어당겼다
쉬이 잠이 오지 않았다

4부

발길은 휘청이고

산모롱이를 돌고 있었다
휘청이는 병의 발길과 상관없다는 듯
그는 꽃 무더기처럼 웃었다
늙어버린 상여꾼들 더딘 가락에
구름은 겹겹이 모여 소나기 되고
그예 모란은 붉게 지고 말았다
떨어지는 꽃잎을 받쳐 두 손으로
꽃다발 만들어 걸어주고 싶었다
이 지문이 그의 호수에 가서
몇 개의 파문으로 닿을 수 있을까
그럴 수 있을까 상여꽃은 지고 있고
들썩이는 병의 어깨와 상관없다는 듯
그는 품 안에서 활짝 웃고 있었다

화장을 하고

그는 분칠을 한 채였고
대체로 평온한 얼굴이었다
조명은 따뜻했으나 공기는 차가웠다
조합 직원이 데리고 간 방에서였다
집집이 이자를 걷으러 다니던 직원은
장례 지도사가 되었다
이마에 주름이 자글거렸다
병은 화장하다가 들킨 적 있다
그는 눈을 크게 부라렸다
분칠하는 사내새끼는
불알을 발라야 한다고 소리쳤다
병은 거세가 두려웠다
발치에 노잣돈을 놓으려 하자
직원은 손을 강하게 가로저었다
눈을 부라리려는 것처럼 보였다
청렴과 신뢰가 자신들의 신념이라 했다
소매 끝이 새하얀 데다가
몸에서는 향 내음이 났다
이자를 받으러 세밑마다 들렀던 직원이
처음으로 돈을 받지 않았다

그녀는 화장을 반대했다
그는 선산에 누웠다

면허증이 있었고

멱살 잡힌 듯 면허증이
벽 위로 높게 걸려 있었다
일력도 지쳤는지
벽과 함께 바래가고 있었다
간호사는 몸집이 작았으나
목소리에 쇳소리가 있었다
가을 쓰르라미 같았다
'님' 대신 '씨'를 붙였다
진료실 문은 완고해 보였지만
손잡이가 헐거웠다
의사는 얼굴이 누르스름했다
오이밭의 노각 같았다
손등엔 검버섯이 내려앉았다
눈썹 끝이 올라간 채
왜 이제 왔냐 나무랐다
흰 소매 끝이 얼룩져 있었다
이장은 사망진단을 내린 의원에
진료비를 계산해야 한다고 했다
벽시계는 디자인이 투박했다
오 분 정도 늦게 가고 있었다

허공을 떠돌던 병의 시선이
시곗바늘 즈음에서 글썽이자
의사는 목소리가 누그러졌다
잠시 서로 말이 없었고
소읍은 여전히 조용했다
경조사 휴가의 마지막 날이었다

귀뚜라미는 달아나고

비닐 속은 후끈해서
잔디가 누렇게 떠 있었다
너끈히 보름은 덮여 있었다
지관은 빗속에서 소리쳤다
비닐을 씌워놔야 뗏장이 안 떠내려가!
중턱에서부터 비가 시작되었다
상여꾼의 걸음은 더뎌졌고
하관의 끝 무렵엔
산 사람의 등에도
따갑게 빗방울이 쏟아졌다
걸음을 뗄 때마다
황토가 빗물에 이겨졌다
어쩌면 붉은 뻘밭을
함께 건너는 게 아닐까
병은 거듭 생각했다
늦장마는 쉽게 끝나지 않았다
누런 잔디 속에서도
갖가지 곤충들이 놀고 있었다
병의 아들은 음복 후 남은 술을
귀뚜라미를 쫓아가며 부어댔다

그가 그렇게나 아끼던 손자였다
묏등을 돌아설 때는
풀숲에 숨어 머뭇거렸다
이렇게 우리가 가는 척하면
할아버지가 나타나지 않을까!
몇 번이고 뒤돌아봤다

장졸들은 날아다니고

손톱 밑에 얼음이 긁혀야
비로소 겨울이었다
소작농이었던 그는
그제야 성주가 되었다
밤중에도 돌아올 줄 모르는 그를
몇 번이고 찾으러 갔다
아버지! 부르자 삐그덕 소리와 함께
담배 연기가 마중 나왔다
장졸을 부리고 있었다
휙휙 바람을 가르던 손안의 부하들
못 당하겠어! 패한 이웃들이
씁쓸히 장기알을 쓸어 담았다
처음으로 그가 자랑스러웠다
다시 성주가 되기 전의 어떤 계절
그는 길을 떠났다
어디에도 발자국은 없었다
가는 것도 일등이네!
누군가 술잔을 홀짝이며 중얼거렸고
전승을 올리던 그의 표정이 떠올랐다
올해 겨울에도 성을 쌓았다

장기판 같은 논둑 밭둑마다 밤새
장졸들이 날아다닌 흔적 새하얗다
햇빛을 받아 온 세상이
그의 호탕한 웃음, 승전보 같다

까마귀는 날아가고

검고 큰 리본을 매단 차 뒤로
버스 한 대가 뒤따르고 있다
또 몇 대의 승용차가 지난다
까마귀 떼 같다
차창이 모두 검다
여름 한낮은 뜨겁고
좀처럼 속도를 내지 못한다
점멸등 불빛은 끝없이 깜박이고
그러나 꺼지지 않는다
그날에도 까마귀 떼가 있었다
그 속에 병도 있었다
모두 날개가 무거웠다
울음을 제 속에 품은 것들은
저렇게 무거울 수 있다 생각했다
살아서 자주 정체되었던
그의 날갯짓이었지만
마지막 하늘길은 쾌청하였다
그 사이에 끼어드는
다른 새는 없었다
병은 천천히 백미러에서

시선을 거둔다

액셀은 밟지 않는다

좀처럼 속도를 내지 못했다

문패가 있었고

괴발개발 알아볼 수 없다
두더지의 소행 같다
지관은 허리가 구부정했다
연신 지팡이를 짚고 있었다
명아주로 만든 것 같았는데
가볍고 단단해 보였다
옛이야기 속 도사 같았다
묏자리를 만드는 것은
집짓기와 다를 바 없다 했다
병은 지관을 알고 있었다
침도 잘 놓았다
언젠가 을은 곽란에 걸렸다
엄지발가락에 침을 맞았다
개새꺄, 하며 도망갔다
지관은 웃고만 있었다
산속 깊이 들어있는 묏자리라
온갖 동물들이 놀러 올 거라 했다
그가 온 것이다 여기라 했다
병은 두더지가 파헤쳐 놓은 흙을
그대로 내버려 두었다

평생 남의 땅을 뒤적여 왔던 그였다
문패를 만든 거라 생각했다

마른 잎은 흔들리고

마른 잎 흔들었다
겨울 초입이었다
어떤 은행잎은
제 계절이 지나도
힘겹게 붙어 있었다
그런 잎들은 대부분
잎맥만 남아 있었다
그녀도 그랬다
된서리에 모든 잎 떨구고
수그루는 떠났다
병은 보았다
백미러 속에
화분花粉 잃은 암그루 하나
마당 끝에 우두커니 서 있었다
자식 향해 흔드는
마른 잎맥이 있었다
어쩌다 찾아와도
금세 도회지로 돌아가고 싶은
병의 마음도 거기 있었고
그것마저도

먼지에 뒤섞여

쉽게 뿌예지고 있었다

바다는 푸르르고

그의 바다는 논이었다
그는 그 무논에서
급히 닻을 던졌다
화창한 여름날이었다
파도에 쓸려가는 일 없이
실종신고 없이
푸른 하늘 아래
쇳덩어리 끌어안았다
그의 경운기 소리는
달랐다 야무졌다
제사상 치운 지 오랜데
탈탈탈탈 이제야 왔다
향 연기에 설핏 취해
또 마중 못 나갔다
성치 못한 발목으로
브레이크 밟지 못한다
푸른 파도처럼
계속 밀고 들어온다
어어어어 가슴까지
바다를 일군다

병도 어우러져 같이 뒹군다
화창한 여름밤이다

된서리는 내리고

청무 가랭이 한 발채가
된서리에 뒹굴고 있었다
황 씨네 초상집의 일이었다
조상꾼 울음은 감나무 잎에 섞여
눅눅히 굴러다녔고
다 늙어버린 아낙들은 춥다며
사내들에게 투덜거렸다
어쩌다 찾아와도 고향은
달라진 게 없었다
상여꾼 가락은 더욱 더뎌졌고
목소리는 비틀어져 있었다
일흔 다 된 노인들뿐이었다
이장은 술에 취해
휘청휘청 상여를 따라다녔다
연이어 무어라 중얼댔다
상엿집 어귀 억새꽃
저희끼리 함성을 질렀다
자꾸만 줄초상 당하는
동네 늙은이들의

빛바랜 턱수염, 우우우
턱수염꽃이 거기 있었다

냇물은 흐르고

물안리는 앞 냇가가 있고
뒤 냇가도 있었다
어딜 가나 징검돌 사이로
송사리 떼가 올망졸망했다
어느 해였던가
조등弔橙 아래
퉁퉁 부은 눈망울들을 닮았다
옹기종기 모여 앉은 채
낮은 발소리
물낯 비치는 옅은 그림자에도
해진 지느러미를 서로
툭툭, 쳐대곤 했다
가장家長 잃고
물결 헤집던
그해 여름 끝자락이었다
지익직 흑백영화 한 편이었다

목덜미를 주억이고 1

자주 주억거리는 목덜미가 붉었다
살짝 밀면 옆으로 넘어갈 것도 같았다
환갑 넘은 나이에도 볏가마를
번쩍번쩍 들어 올리던 그였지만
오늘은 제가 그를
이길 것도 같다 생각했다
해갈 안 나는 주정 잠잠해지고
이윽고 밤 귀뚜리 소리 차올랐다
슬그머니 윗방으로 건너가고 싶었다
싸가지 없는 눔의 새끼, 어딜 도망가!
병의 귓불도 한여름 맨드라미 되었다
절대로 닮지 말아야지
숱한 다짐들 헛되었다

목덜미를 주억이고 2

잠치레로 아픈 목과는 달랐다
뒤로 젖힐 때가 그중 아팠다
지난밤 일일 터인데
숙취 사이로 조금씩 들통났다
어이구 안 들어가세요?
어깨가 흔들려 깨어보니
경비아저씨 웃으며 내려보고 있었다
까맣게 잘 익은
해바라기 한 주 같았다
잠시 쉬어가려고 벤치에 던진 몸이
거진 두어 시간 지났던 것이다
필시 씨알도 배지 않은 놈이 밤새
고개를 주억이고 있었던 것이다

번철은 달아오르고

노을이 진다
번철이 달아오른다
뒤집개가 허공에서 춤을 추면
꽃지짐 위에 꽃잎 만개한다
진달래가 입속에서 피었다 졌고
오물오물 아카시아 피었다 졌고
국화꽃도 여러 번 왔다 갔다
병의 얼굴도 서녘 하늘도
어느새 함께 물들었다
철질 하던 그녀도 이제
뒷모습이 많이 저물었다
뒤집개보다 더 굽었다
오물오물 밥풀 삼킨다
밥상 위에 온통 꽃 피었다
밥풀꽃 대신 꽃지짐 그리워
병은 창문을 천천히 열어본다
양이 찬 그녀는 대자리에 눕고
서녘 하늘엔 번철만 달아오른다

산책길은 저물고

산책길의 박주가리
온몸 뒤틀고 있다
운동회날 터지던 박주머니처럼
그 속을 열어보고 싶다
아이가 어떻게 생기는지
알아차렸을 때 문득
씨앗 주머니가 궁금했다
멱 감으며 본 그것은
그러나 박주가리처럼 볼품없었다
저 속에서 씨앗이
여물었단 말이지
여문 씨앗이 어느 날
터졌단 말이지
처음엔 그저 먼짓덩어리였던 별이
고요한 날 골라
뭉쳤던 힘을 터뜨렸듯
제힘 다해 터졌을 것이다
허나 먼 길 떠나지 못하고
떠도는 박주가리 씨앗처럼
병은 그를 떠올리고 있다

터진다는 것은
맴돌 준비를 하는 것,
박주가리 터져서 별들 되라고
아주 떠나진 말고
밤하늘 떠돌이별 되라고
어둠이 성큼성큼 몰려왔다

이정표가 있었고

안개주의보 속에 이정표가 서 있고
길 끝에 그가 있다는 표식이다
병은 눈두덩을 부벼댔으나
발끝은 돌부리를 지나치지 못했다
어떠한 사실을 잊을까 봐
손바닥에 글씨를 쓰던 시절이 있었다
어린 병이 놀고 있다
짚단을 쌓아논 볏누리를 헤집고
그가 고함을 질렀다
쥐새끼처럼 숨어서 놀지 말랬지!
사금파리가 풀잎과 함께 흩어졌다
어떤 조각은 얼굴을 때렸다
그 밤 병의 손바닥에는
여러 글씨가 적혔다가 지워졌다
안개비가 어느새 는개 되었다
그는 어떤 단어일까
병은 비척이며 일어섰다
길바닥에 흩어져 있는 뜻씨들을
바지 주머니에 모두 담았다
무겁고 차가웠다

어느새 눈꺼풀에 는개가 맺혀

눈을 깜박일 때마다 흘러내렸다

가볍고 따뜻한 뜻씨들을 채워 보았지만

저쪽에서 두고 온 아이가 고개를 저었다

아직도 볏누리 속에 갇혀 있었다

빗낱은 조금씩 굵어져

는개가 가랑비 되었다

병은 그에게 다가가지 못하고

길바닥 한가운데서 자꾸 미끄러졌다

빗밑이 가벼울 거라는 예보처럼

처음부터 모두 오보였다

서정적 서사 혹은 서사적 서정

황정산(시인, 문학평론가)

1. 들어가며

배세복의 이번 시집을 읽으면 제임스 조이스의 『젊은 예술가의 초상』이 떠오른다. 남다른 예민함을 가진 한 어린 아이가 가난한 농촌 마을에서 자라 어떻게 시인의 길을 가게 되었는지, 그 성장 과정의 기록이 이 시집의 큰 골격을 이루고 있다. 하지만 제임스 조이스의 소설이 '의식의 흐름' 수법을 통한 내면의 기록을 서사로 완성해 낸 것에 반해, 배세복의 이번 시집은 순간순간 기억의 편린들이 환기해 낸 서정적 울림을 통해 자신의 서사를 만들어 내고 있다.

흔히 문학의 장르를 서정과 서사로 구분해서 설명한다.

그래서 한국 문학 이론의 대가 조동일 같은 이는 서정적 장르를 "세계의 자아화" 서사를 "세계와 자아의 대결"이라고 설명해서 두 장르가 근본적으로 다른 원리에 의해 작동하는 예술임을 밝힌 바 있다. 하지만 배세복의 이번 시집의 시들을 읽으면 이러한 구분이 무의미해진다. 그의 시들은 서정을 통해 서사를 만들고, 또한 서사를 통해 서정을 강화한다. 그래서 그의 시들을 읽으면 '서정적 서사' 또는 '서사적 서정'이라는 문학 이론서에 없는 새로운 조어를 떠올릴 수밖에 없다. 좀 더 자세히 설명해 보자.

2. 다층적 인물 시점과 서정의 깊이

이 시집의 시들에는 주요 인물로 그, 그녀, 갑, 을, 병, 정이 등장한다. 병은 시인 자신이고 다른 사람들은 병 자신의 아버지와 어머니 그리고 남매들이다. 그런데 자신을 포함한 모두를 이렇게 3인칭 인물로 지칭하는 것은 서사의 방식을 따른 것이다. 시인 자신임을 나타내는 1인칭 화자 대신 배세복 시인은 3인칭 화자를 내세워 인물들을 보여줌으로써 서사의 객관성을 확보하고 있다. 특히 등장하는 인물 시점으로 이야기를 전개해 나가고 있다. 그런데 단일한 화자의 시점으로 이야기를 전개하는 서사 장르인 소설과

달리 이 시집의 시들에는 다양한 시점이 등장한다.

수리조합장 집은 방죽 아래 있었고

하늘로 치솟는 추녀를 가졌다

해는 언제부터 저기서 빛났나

다른 이들은 근처 논밭에서 일했다

길을 걸을수록 뜨거워지는 정수리

방아깨비는 끊임없이 방아질했다

글쎄 요즘에도 머슴이 있다네요

갑은 천천히 머슴 머슴 중얼거려 봤다

꼭 일소가 밭을 갈다가

멈추며 우는 소리 같았다

해는 타올라 저수지 윤슬을 바라보면

타버릴 것처럼 뜨거워지는 눈알

그는 이 길로 자전거를 타고 다녔다

안장은 꺼지고 체인은 늘어났다

저쪽은 물귀신이 있다는 곳이다

귀신은 왜 사람들을 데려갈까

누구는 데려오고 누구는 데려가고

정말 매미를 잡아 날개를 떼도

소리를 낼 수 있을까

왜 산 것들은 죽기 전까지 우는 것일까

갑은 손그늘을 만들어 봤다

여전히 땀은 솟아났다

달걀꽃도 지쳤는지 풀어진 노른자

걸음을 멈추고 치솟는 추녀 쪽을 향해

동그랗게 손나팔을 모았다

아버지, 병이 태어났어요

게타리를 한껏 추켜올리던 을이

갑을 따라 소리쳤다

손톱 끝이 까만 땟국물로 가득했다

- 「추녀는 치솟고」 전문

이 시집의 주인공 '병'의 탄생을 알리는 이 시는 '병'의 누나인 '갑'의 시선에 따라 서술되었다. 자전거를 타고 다닌 '그'라는 아버지의 모습을 생각하는 것도, 물귀신을 생각하는 것도, 동생이 태어났다고 소리치는 것도, 자기를 따라 소리치는 동생 '을'을 바라보는 것도 모두 갑의 시선이고 갑의 목소리이다. 그런데 따지고 보면 이러한 시선은 이제 막 태어나 이후에서나 보고 생각할 수 있는 '병'의 목소리로 말해지고 있는 것이기도 하다. 이 시집의 전체 화자는 결국 '병'이기 때문이다. 그것은 곧 '병'에 의해 추측되는 또는 '병'이 나중에나 전해 들었을 '갑'의 이야기다. 짧은 시 안에 이런 증층적인 시선이 들어 있다. 이것을 통해

이 시는 이중 삼중의 서정을 만든다. 갑이 본 아버지와 아버지와 관련된 들은 이야기 그래서 느낀 심정, 그것을 병이 다시 생각하며 느낀 심정이 이 한 편의 시에 담겨있다. 이것을 통해 한 개인의 서정은 한 가족의 서정이 되고 그것이 고스란히 '병'이 지은 시 안에 농축되어 있다. 서사적 화자의 사용을 통해 이렇듯 서정성의 깊이와 질이 달라졌다고 말할 수 있겠다.

다음 시에서는 두 인물이 시점이 교차하기도 한다.

> 툇마루가 세게 울렸다
>
> 병은 숙제하다 멈췄으나
>
> 이내 연필을 그러쥐었다
>
> 을은 책가방을 마루에 던지고
>
> 자주 밖으로 놀러 나갔다
>
> 굴뚝 연기가 잦아들어서야
>
> 겨우 집으로 기어들었다
>
> 겨울밤은 제법 길었다
>
> 윗방에 상다리를 펼치면
>
> 그제야 공부가 시작되었다
>
> 서리태를 고르던 밥상이었다
>
> 을이 제일 먼저 잠들었다
>
> 책도 펴지 않은 을을 깨우면

생각 중이라며 다시 눈을 붙였다

아침 책가방은 그가 발견했다

가방을 들고 부엌을 향하며

아궁이에 집어넣는다 소리쳤다

차가운 가방을 어깨에 두르고

을은 아침도 못 먹고 등교했다

밥이나 죽여라 이놈의 새꺄!

등 뒤로 쏟아지는 말에

을보다 병이 더 한기를 느꼈다

- 「툇마루는 울리고」 전문

　이 시에는 '을'과 '병'의 시점이 교차한다. '그'로 지칭되는 아버지에게 혼나는 대상이 '을'이라는 점에서 이 시의 서정적 주체는 '을'이다. 그런데 마지막에 "을보다 병이 더 한기를 느꼈다"는 구절에서 보면 이 시의 전반적 정서를 담당하는 인물은 '병'이다. 이렇게 보았을 때 이 시는 '을'과 '병'이라는 이중의 시점이 사용되었다고 할 수 있다. 서로 다른 두 인물의 시점을 한꺼번에 사용함으로써 가난한 집안에서 태어난 자식들이 가질 수 있는 두 가지의 상반된 개성을 동시에 보여주고 있다. 공부에 관심 없고 밖으로 돌며 집안을 벗어나고자 하는 아들과 소심한 우등생 동생의 모습이 함께 떠오른다. 그렇게 해서 가난한 한 집안의 모습과 그런 집안이 하나의 전형을 형성하고 있는 7, 80년대 한국 농촌의 현실을 떠올리게 된다. 중층의 시점에 의해 강화된 서정이 서사를 만들고 결국, 우리 사회 모습을 생동감 있게 보여주는 리얼리즘을 완성해 내고 있다. 배세복 시인이 이번 시집에서 성취한 가장 큰 성과가 아닌가 한다.

이후 '병'이 점차 성장해가는 과정을 담은 시들에서 시점은 병의 시점으로 고정되어 간다. 시인 자신임이 분명한 '병'이 '나'가 아니라 '병'인 이유는 지금의 자신이 함께 해왔던 가족의 경험과 의식 속에서 자라왔다는 것과 그들의 생각과 정서가 결국은 자신의 생각과 정서를 형성하고 있다는 점에서 찾을 수 있다. 결국 '병'은 나이면서도 나와 같은 처지인 우리 모두인 것이다.

이렇게 이 시집은 단일한 인물 시점으로 이야기를 서술하는 소설과는 달리 여러 인물들의 시점으로 서술하여 그들의 경험과 정서가 중층적인 서정을 형성하고 그것이 전체적으로 이야기를 구성한다. 다시 말해 다양한 인물들의 서정이 서사를 구축하는 방식이다. 이런 방식은 기존의 서사시에서도, 식민지 시대 임화에 의해 시도되었던 단편 서사시에서도, 고은의 『만인보』 같은 연작 시집에서도 시도되지 않은 배세복 시인만의 특별한 시적 형식이다. 이 점이 이 시집의 가장 큰 특징이며 고유성이다.

3. 현실의 어둠과 아버지의 존재

이 시집에서 시인 자신인 '병'의 의식을 사로잡고 있는 존재는 '그'로 지칭되는 시인의 아버지이다. 나머지 인물 어머니인 '그녀'나 남매인 '갑'과 '을'과 '정'은 함께 아버지를 의식하고 아버지라는 존재에 영향을 받은 동반자이며 어찌 보면 시인 자신의 또 다른 분신이기도 하다. 이들 모두가 느끼는 아버지에 대한 어떤 의식을 병이 단지 종합하고 대신해서 말하고 있는 셈이다.

> 그녀는 종일 누워 있고
>
> 그는 잔뜩 불콰해져 돌아왔다
>
> 방문이 닫히는가 했더니
>
> 김 씨도 따라 들어왔다
>
> 그제야 그녀가 몸을 일으켜
>
> 이불을 윗목으로 당겼다
>
> 대체로 그는 아랫목에서
>
> 쉼 없이 고개를 주억거렸고
>
> 그녀는 등을 돌려 앉았다
>
> 아줌니 너무 속상허지 마슈
>
> 김 씨가 담뱃불을 붙이며
>
> 방 안을 두리번거렸다

병은 재떨이를 옮겼다

논이야 나중에 또 사면 되쥬

그녀는 간간이 한숨을 쉬었고

병은 생담배에 눈을 비볐다

갑의 기침 소리가 터졌다

김 씨가 몸을 일으켰다

찬 바람이 문지방을 넘었다

대문 닫히는 소리에

그녀가 쇳소리로, 씨부랄 늄

그는 아랫목에 쓰러지듯 눕고

병은 그의 양말을 벗겼다

– 「생담배는 타오르고」 전문

  아버지는 가난하고 운이 없는 인물이었다. 물려받은 논
이 없어, 소작을 지을 수밖에 없는 데다가 자식인 '갑'은
병으로 누워있다. 얼마 남지 않은 논까지 다른 사람에게
넘길 수밖에 없는 그런 처지를 면할 수 없었다. 그 충격으
로 어머니는 몸져누워 있고 아버지인 '그'는 그저 술에 취
해 무기력하게 현실을 잊고자 한다. 어머니도 시인인 '병'
도 또 역시 이 현실을 받아들여야 하는 무능함에서 벗어날
수는 없었다. 어머니의 한 마디 욕설만이 이런 현실에 대한
저항의 몸짓일 뿐이다.

농번기는 앞마당이 그중 붐볐다

깻단이 두어 번 치솟았다

순식간에 병의 등짝은 탈곡기 되어

참깨알이 목덜미를 파고들었다

학교 파하면 놀지 말고

빨리 오랬냐 안 했냐

여봐! 이눔의 새끼 밥도 멕이지마

깻단을 묶던 정이,

꼬리 치며 반기던 메리가,

깻대에 붙어있던 깨꽃잎 몇이,

병을 비웃는 것 같았다

세상에서 제가 예뻐라 하던 것들은 더욱

저를 비웃는 것만 같았다

                    — 「앞마당은 붐비고」 전문

가난하고 운이 없는 아버지는 권위적이기까지 했다. 농
번기 때 집안일을 하지 않고 늦게 하교하는 것을 미워하며
'병'에게 폭력을 행사한다. 이런 아버지의 불운과 그로 인
한 가난 그리고 지속적으로 권위를 내세우는 모습을 시인
은 그저 울음으로 내면화할 수밖에 없었다.

   그는 담임 선생을 만나러 갔고

어둑한 논길을 비척이며 돌아왔다

그제야 병은 호두나무에서 내려왔다

나무에는 매미가 무수히 붙어있었다

가을 매미는 울지 않았다

병 말이에요

공부 잘해서 장학금 받는 게 아니라

가난해서 받는 거래요

…(중략)…

호두나무에 올라오면 온몸이 가려웠다

매미는 울음을 내기 위해

자기 몸의 반을 비워놓는다고 했다

뱃속에 빈 공간을 키운다고 했다

방바닥에 금방 곯아떨어진 그는

다음날도 그다음 날도 아무 말 없었다

추위에 지친 가을 매미 같았다

울지 않는 매미는 답답했다

— 「매미는 울지 않고」 부분

아버지는 아들 '병'이 공부를 잘해서 장학금을 받는다고 알고 있었지만, 가난 때문에 장학금을 받는다는 소문이 퍼져, 결국 담임 선생님을 찾아간 것으로 보인다. 그리고 그렇게 찾아간 아버지가 돌아오길 '병'은 호두나무 위에서

기다린다. 그러나 돌아온 아버지는 아무 말이 없다. 그런 아버지를 보고 아들은 "추위에 지친 가을 매미" 같다고 생각한다. 이에 아들은 아버지의 슬픔까지 내면화하고, 이런 내면화된 슬픔이 '병'으로 하여금 시인이 되게 만들었을 것이다.

꿈속에서는 번번이 실패하면서

귀신이 나타나면 호리병으로 물리쳐야지

뱀이 아가리 벌리면 표창을 던질 거야

꿈 밖에서 언제나 병은 말로써

뿌우뿌 승전보를 불었다

허나 다른 골목으로 들어설라치면

빨간 눈알, 또 파란 눈알

그들은 고열일 때만 찾아오는

화려하거나 혹은 비겁한 손님이었다

어느 밤 병은 그 사나이들이

그일 거라고 중얼거려 봤다

크게 화내며 병에게 보여주던 여러 눈빛들,

끈적 비릿한 것이 온몸을 적시고

꿈은 사라졌다

병은 말로써 꿈을 떨쳤고

어쩌면 꿈이라는 것은

말들로 이루어진 게 아닌가 생각하게 되었다

– 「골목은 낯설고」 부분

'병'은 내면화된 슬픔과 그 슬픔의 근원이기도 한 '그'
인 아버지의 권위적인 태도와 그로 인한 폭력이 원인이 된
무서운 꿈을 말로써 물리치는 습관을 갖게 된다. 말을 만
들어 승리를 예감하고 공포로부터 벗어날 수 있다는 것을
그는 깨달은 것이다. 우연히 읽게 된 대학국어 책에서 시인
은 말의 이러한 힘을 다시 한번 확인한다.

> 못된 말은 더 쉽게 기억됐다
>
> 자신을 괴롭히던 친구들 이름 앞에
>
> 그 말들을 붙여 봤다
>
> 제법 잘 어울렸다
>
> 〈사수〉라는 소설 속 주인공처럼
>
> 훗날 우연히 마주쳐서
>
> 어쩌면 탕탕탕 사수 되어
>
> 총을 쏠 수도 있겠다 생각했다
>
> 병은 그 소설들을 따라
>
> 되지도 않는 이야기를
>
> 곧잘 지어내기도 했다
>
> 겨울방학은 그렇게 지나갔다

– 「우라질이 있었고」 부분

시인은 소설을 읽고 저주의 말을 배우고 상상 속에서 사람을 죽일 수 있음을 알게 된다. 지어낸 말과 이야기의 힘을 알게 된 것이다. 그 말이 바로 그의 시의 원천일 것이다. 어둠을 물리치고 공포를 벗어나는 주문으로서의 말 그것은 가난과 폭력과 무력감이 지배하는 현실을 넘어서는 가장 확실한 길이었다. 그래서 '병'은 시인이 되었다.

법대를 가야지 글을 쓴다고,
내가 그렇게 당하는 걸 보고도?
굶어 죽기 딱 좋은 놈들이
시 쓰는 놈들이라고
그가 한껏 소릴 높였다
아무렇게나 책장을 넘기다가
입을 동그랗게 말면서
어떤 단어를 거칠게 되뇌었다
병이 시를 써서 가져갈 적마다
어깨를 두드려 주던
지도교사의 이름이었다

– 「꾸러미를 내려놓고」 부분

하지만 아버지는 그가 시인이 되는 것을 원치 않는다. 또다시 언어폭력을 가한다. 아버지는 자신의 무능을 자식들이 채워주고 세상에 복수하기를 바랐던 것이다. 시인은 그런 아버지로부터 벗어나 그를 절대로 닮지 않은 다른 삶을 살고자 한다. 하지만 시인 역시 어느 순간 아버지와 같은 삶을 살고 있는 자신을 발견한다.

> 잠시 쉬어가려고 벤치에 던진 몸이
> 거진 두어 시간 지났던 것이다
> 필시 씨알도 배지 않은 놈이 밤새
> 고개를 주억이고 있었던 것이다
>
> ― 「목덜미를 주억이고 2」 부분

가난한 아버지가 술에 절어 목덜미를 주억이고 있는 그 못난 모습을 보고 절대로 닮지 말자고 맹세를 했지만 자신 역시 어느 날 똑같은 모습으로 졸고 있는 자신의 모습을 발견한다. 그리고 시인은 아버지가 돌아가시고 나서 한참 후 고향집을 찾았다가 늙은 어머님을 보고 다시 아버지를 생각한다.

> 마른 잎 흔들었다
> 겨울 초입이었다

어떤 은행잎은

제 계절이 지나도

힘겹게 붙어 있었다

그런 잎들은 대부분

잎맥만 남아 있었다

그녀도 그랬다

된서리에 모든 잎 떨구고

수그루는 떠났다

병은 보았다

백미러 속에

화분(花粉) 잃은 암그루 하나

마당 끝에 우두커니 서 있었다

자식 향해 흔드는

마른 잎맥이 있었다

어쩌다 찾아와도

금세 도회지로 돌아가고 싶은

병의 마음도 거기 있었고

그것마저도

먼지에 뒤섞여

쉽게 뿌예지고 있었다

— 「마른 잎은 흔들리고」 전문

수그루가 베어지고 암그루만 남은 은행나무가 마른 잎을 흔들고 있는 은행나무처럼 늙은 어머니의 모습을, 고향을 찾아왔다 떠나가고 있는 차 안 백미러를 통해 들여다본다. 가난하고 권위적이었지만 그런 아버지를 보내고 남은 어머니의 쓸쓸한 모습에서 다시 한번 아버지의 존재를 떠올린다. 어서 이 고향을 떠나 아버지의 존재에서 멀어지겠다는 마음과 아버지를 잃은 어머니의 쓸쓸함에 안타까워하는 마음 사이에서 시인은 흔들리고 있다.

시인은 아버지와 마지막 화해를 시도한다.

그의 바다는 논이었다

그는 그 무논에서

급히 닻을 던졌다

화창한 여름날이었다

파도에 쓸려가는 일 없이

실종신고 없이

푸른 하늘 아래

쇳덩어리 끌어안았다

그의 경운기 소리는

달랐다 야무졌다

제사상 치운 지 오랜데

탈탈탈탈 이제야 왔다

향 연기에 설핏 취해

또 마중 못 나갔다

성치 못한 발목으로

브레이크 밟지 못한다

푸른 파도처럼

계속 밀고 들어온다

어어어어 가슴까지

바다를 일군다

병도 어우러져 같이 뒹군다

화창한 여름밤이다

— 「바다는 푸르르고」 전문

　시인은 희망찬 바다의 이미지를 상상해 아버지와 화해한다. 아버지가 그토록 원했던 바다와 같은 논을 상상하며 거기에서 아버지와 "어우러져 같이 뒹"굴고 싶어 한다. 거기에서 경운기 소리도 듣고 "푸른 파도처럼" 밀고 들어오는 벼를 추수하는 꿈을 꾼다. 시인은 아버지를 부정하기 위해 시인이 되었다가, 시인이 되어 아버지와 화해를 한다.

4. 맺음말

제임스 조이스의『젊은 예술가의 초상』이 기억 속의 자신에 대한 이야기라면, 이에 반해 배세복의『두고 온 아이』는 기억 밖의 자신에 대한 기록이다. 자신이 버리고 지우고자 했던 그래서 기억의 저편에 유폐해 두었던 어린 자신의 모습을 어렵게 소환하고 있다.

배세복은 그 버리고 싶은 어린 날의 정서를 다시 환원해서 자신의 서사를 재구성하고 있다. 그렇게 해서 '두고 온 아이'를 다시 만나고 어린 시절과 그 어린 시절 자신의 삶에 짙게 드리우고 있던 아버지라는 어두운 그림자를 극복하고 그것과 화해한다.

상상인 기획시선 **4**

두고 온 아이

초판 1쇄 발행 | 2023년 11월 27일

지 은 이 배세복

펴 낸 곳 도서출판 상상인
펴 낸 이 진혜진
편   집 세종PNP
책임교정 종이시계
표지디자인 최혜원

등록번호 제572-96-00959호
등록일자 2019년 6월 25일
주   소 06621 서울시 서초구 서초대로74길 29, 904호
전화번호 02-747-1367, 010-7371-1871
팩   스 02-747-1877
전자우편 ssaangin@hanmail.net

ISBN 979-11-93093-27-6 (03810)

값 10,000원